Nº 52.

—

# MINISTÈRE DE L'INSTRUCTION PUBLIQUE.

# FUNÉRAILLES

### DE

# GEORGES D'AMBOISE

ARCHEVÊQUE DE ROUEN,

CARDINAL, LÉGAT DU PAPE, MINISTRE DE LOUIS XII,
ET GOUVERNEUR DE LA NORMANDIE,

CÉLÉBRÉES A LYON ET A ROUEN
DU 26 MAI AU 30 JUIN 1510.

RELATION PUBLIÉE D'APRÈS DEUX DOCUMENTS IMPRIMÉS
AU COMMENCEMENT DU XVI<sup>e</sup> SIÈCLE

AVEC UNE INTRODUCTION
PAR
ÉDOUARD FRÈRE

ROUEN
IMPRIMERIE DE HENRY BOISSEL

M.DCCC.LXIV.

# NOTICE

## HISTORIQUE ET BIBLIOGRAPHIQUE.

———————

Georges d'Amboise, le neuvième fils de Pierre d'Amboise et d'Anne de Beuil, naquit en 1460, au château de Chaumont-sur-Loire. Promu à l'archevéché de Rouen le 21 août 1493, en remplacement de Robert de Croismare, il ne prit possession de ce siége qu'un an après son élection. Il fut nommé cardinal et gouverneur général de la Normandie en 1498, ministre de Louis XII la même année, et légat du pape en 1499.

En 1503, il dut croire être appelé à porter la tiare pontificale ; les promesses presque unanimes des cardinaux et l'appui de souverains puissants semblaient lui assurer cette dignité suprême ; mais deux fois son espoir fut déçu : le 22 septembre, il eût été le successeur immédiat d'Alexandre VI ( Roderic Borgia), dont le nom s'attache à tant de hontes(1) ; le 31 octobre , il eut pour compétiteur heureux, mais non sincère, le cardinal Julien de la Rovère, qui, sous le nom de Jules II, devint en Italie le puissant promoteur de la rénovation des arts.

Georges d'Amboise avait partagé les disgrâces du duc d'Orléans et l'avait encouragé dans sa mauvaise fortune. Lorsque ce prince monta sur le trône de France, il appela aussitôt au pouvoir le fidèle conseiller de ses jours d'exil, et le trouva prêt à le servir. Dans ses hautes fonctions, au milieu de ces *grandes affaires qui élèvent le cœur et l'esprit* (2), Georges d'Amboise donna au Roi des marques non équivoques d'une fidélité éprouvée. Il prépara le succès des guerres d'Italie par une économie intelligente des deniers publics et par d'heureuses négociations ; il suivit le Roi dans ses guerres et contribua au gain des batailles par des combinaisons habiles. L'administration intérieure du royaume reçut également les preuves du zèle sagace du premier ministre : il diminua les impôts sans rien rétablir dans la suite de ce qu'on en avait ôté (3);

(1) Ce fut François Piccolomini qui, dans le conclave tenu ce jour, fut élu pape sous le nom de Pie III. Ce pieux et sage pontife mourut vingt-six jours après son élévation à la papauté.

(2) Le Gendre , *Vie du cardinal d'Amboise, premier ministre de Louis XII ;* Rouen , Robert Machuel, 1724 , in-4º , p. 6.

(3) *Ibid* , p. 64.

il maintint la discipline parmi les troupes ; il fit rendre la justice au peuple sans égard pour les franchises et les priviléges des corporations et des nobles ; il honora le mérite et protégea les lettres et les arts.

Quoique l'importance des affaires publiques l'ait empêché de résider, si ce n'est rarement, dans son diocèse, il montra, en diverses occasions, l'intérêt qu'il portait à la province dont il avait été le chef spirituel et le gouverneur. Le 20 mars 1498, il se rendit tout exprès de Blois à Rouen, pour y présider les Etats de Normandie, et, sur sa proposition, appuyée par la majorité des députés, Louis XII rendit un édit par lequel l'Echiquier devint perpétuel et sédentaire, de temporaire et ambulatoire qu'il était. En opérant cette importante révolution dans l'organisation judiciaire, il exauça le vœu le plus ardent de la province. Quelques années plus tard, la Cour de l'Echiquier perpétuel reçut de François I⁰ʳ le titre de Parlement (1).

Ce fut peu de temps après la glorieuse bataille d'Agnadel (2), et lorsque toute chose était préparée pour une heureuse campagne, que Georges d'Amboise, miné depuis près d'une année par la fièvre et par la goutte, fut

(1) Edit du 6 février 1515. L'édit portant érection de l'Echiquier perpétuel de Normandie, est du mois d'avril 1499. — *Voyez* Floquet, *Hist. du Parlement de Norm.*, t. 1, p. 328 et suiv.

(2) 14 mai 1509.

contraint de s'arrêter à Lyon, où il mourut le 25 mai 1510, à dix heures du matin, la dix-septième année de son épiscopat, la douzième de son ministère, et de son âge la cinquantième. Sa mort fut un deuil non-seulement pour toute la Normandie, mais pour la France entière et pour le roi, dont, suivant l'expression de Guichardin, il avait été *la voix*, *l'oracle et l'autorité* (1). Par son testament daté du 31 octobre 1509 (2), il légua aux pauvres les biens qui lui étaient venus de l'église, et à divers membres de sa famille, notamment à son neveu Georges d'Amboise, fils de son frère aîné, alors grand archidiacre, et plus tard son successeur, tous les biens qu'il tenait de la munificence royale.

L'histoire présente peu d'exemples de funérailles aussi magnifiques que celles qui furent ordonnées pour honorer notre archevêque. A Lyon, le roi y assista en personne, ainsi que le duc d'Angoulême, son gendre (depuis François I^er^), le duc de Lorraine et le chancelier de France. Cent archers de la garde du Roi, commandés par Gabriel

(1) Pommeraye, *Hist. des Archevesques de Rouen;* Rouen, Laurens Maurry, 1667, in-f°, p. 596.

(2) L'original, signé de sa main, est déposé dans les archives départementales. Il est imprimé dans *la Vie du cardinal*, par Le Gendre, p. 455-460, et, en partie, dans l'*Hist. de la Cathédrale de Rouen*, du P. Pommeraye, p. 54, 55.

de La Châtre, leur capitaine, environnaient le corps. Il y eut aussi un grand concours d'ecclésiastiques, de magistrats, de fonctionnaires, de bourgeois, etc. Quant à la présence de 11,000 prêtres et de 1,200 prélats, rapportée par Baudier dans son *Histoire de l'administration du cardinal d'Amboise* (1), il est permis d'en douter, d'autant plus que le P. Pommeraye, historien des plus judicieux et puisant d'habitude aux meilleures sources, paraît ne pas ajouter foi à ce fait, non plus qu'à certains détails donnés par le même narrateur qui était, dit-on, un des domestiques du légat (2). Le cœur et les entrailles de Géorges d'Amboise furent déposés à Lyon, au pied du grand autel de l'église des Célestins (3), mais son corps, suivant le désir qu'il avait exprimé, fut transporté à Rouen, où les cérémonies funéraires ne furent pas moins imposantes. Durant le long voyage de Lyon, le corps, renfermé dans un coffre de plomb et couvert d'un drap de velours noir, avec une croix de damas blanc, fut placé sur un char traîné par

(1) Paris, P. Rocolet, 1634, in-4o, p. 253. *Récit d'un domestique du cardinal,* etc.

(2) *Histoire des Archevesques de Rouen,* p. 594.

(3) Georges d'Amboise s'était retiré dans la maison de cet ordre qu'il avait en grande estime. Les historiens ne sont pas d'accord sur le lieu où son cœur fut déposé. Les uns le placent à Rouen, et les autres à Lyon, avec ses entrailles.

quatre chevaux. Plusieurs grands seigneurs de France
accompagnèrent le convoi, et le roi voulut qu'on rendît
à son ancien ministre et ami les honneurs réservés aux
membres seuls de la famille royale. Partout sur la route
et dans toutes les villes, le cortége était l'objet de la véné-
ration publique ; le corps était déposé la nuit dans les
églises des lieux où il séjournait, et, avant le départ du
lendemain, les cent torches que portaient les cent pauvres
de service, étaient renouvelées. Ces cent hommes reçurent
cinq sols par jour, et pour s'en retourner on leur donna à
chacun une pistole avec leur robe de deuil (1). ᴊ

Parti de Lyon le mercredi 29 mai, le convoi arriva à
Rouen le mardi 18 juin (2), à six heures du matin ; il sta-
tionna au prieuré des Emmurées, faubourg Saint-Sever,
où, vers midi, le clergé de toutes les paroisses de Rouen,
les confréries, les membres du Parlement, de la Cour des
Aides, du Bailliage et de la Vicomté, les conseillers de la

(1) Pommeraye, *Histoire des Archevesques*, p. 597.

(2) *Les Registres capitulaires*, l'opuscule du temps que nous réim-
primons, l'*Hist. de l'Abbaye de Saint-Ouen*, par Pommeraye, p. 172,
donnent cette date, tandis qu'un manuscrit de 1544 (ancien fonds Bigot),
que Taillepied, *Antiquitez de Rouen*, édit. de 1587, p. 238 ; Pommeraye,
*Histoire des Archevesques*, p. 597, et plusieurs autres ouvrages in-
diquent le 27 juin comme étant le jour d'arrivée à Rouen du convoi
funèbre. La première date doit être considérée comme la plus exacte.

ville, etc., allèrent le recevoir et le conduisirent à la cathédrale. L'affluence des fidèles fut si considérable que le cortége
mit près de quatre heures pour franchir cette distance. Le
corps fut déposé dans le chœur, près du tombeau de
Charles V. Le lendemain, conformément aux dispositions
d'un ancien privilége qui concédait à l'Abbaye de Saint-
Ouen le droit de consécration des archevêques de Rouen,
le Chapitre dut y porter pour une nuit le corps de Georges
d'Amboise et le délivrer entre les mains de l'abbé qui le
lui avait *baillé vif*. Pommeraye, d'après les Registres capitulaires, décrit ainsi cette touchante cérémonie :

« L'évesque d'Avranches (que le chapitre avoit prié
d'officier) paroissoit revestu de ses habits épiscopaux : au
milieu de ce magnifique convoy, qui prit son chemin par
la rue Grand-Pont pour se rendre en l'abbaye de Saint-
Ouen, le cercueil de plomb où reposoit le corps de cet illustre
défunt étoit porté par douze chapelains qui, étant arrivez
dans le cimetière ou altre de l'abbaye, s'arrétèrent auprès
de la croix; laquelle, selon la coutume, s'y voit élevée. Là,
les religieux revestus de chapes, vinrent recevoir le corps.
Antoine Bohier, lors abbé, revêtu d'ornemens pontificaux,
s'étant approché du cercueil, le haut doyen lui dit : *Vous
nous l'avez baillé vivant, nous vous le rendons mort.* Ensuite
ledit sieur abbé lui demanda où étoient ses ornemens ou
marques de ses dignitez : à quoy le doyen repartit, qu'ils
étoient sur la représentation. Il demanda encore si le corps

étoit là, on luy dit qu'ouy ; alors il leva le drap mortuaire
pour voir le cercueil, qu'il montra aussi à ses religieux,
puis ayant fait le signe qu'on levast le corps, il dit que, le
lendemain, à pareille heure ou environ, il le rendroit, et
ainsi le corps fut porté dans le chœur de l'église de ladite
abbaye, où fut célébré un service très solennel. On vint le
lendemain requérir le corps avec pareille pompe et en
mesme ordre, et les religieux l'ayant reporté au mesme lieu
où ils l'avoient pris le jour précédent, ils le remirent entre
les mains du clergé de la cathédrale (1). »

La cérémonie religieuse du troisième jour fut des plus so-
lennelles ; le corps de l'illustre prélat fut inhumé à l'intérieur
de la Cathédrale, dans la chapelle de la Vierge, à l'endroit ou
lui fut érigé quelques années plus tard, par les soins de son
neveu, le mausolée que nous admirons encore aujourd'hui.

Ce fut maître Artus Fillon, docteur en théologie, chanoine de Rouen et curé de Saint-Maclou, qui fut chargé de
prononcer l'oraison funèbre du prélat, dont il avait été le
vicaire particulier, et, suivant la relation que nous pu-
blions et celle du P. Pommeraye, le *sermon fut très élégant
à l'honneur de Dieu et louange dudit seigneur* (2).

Le Chapitre voulant donner un témoignage de la vénéra-

(1) *Histoire de l'Abbaye de Saint-Ouen,* p. 172.

(2) *Histoire des Archev. de Rouen,* p. 598. Sur Fillon, *voy.* le
*Manuel du Bibliog. norm.,* t. I, p. 469.

tion qu'il portait à la mémoire de son premier pasteur, élit à sa place pour archevêque de Rouen ce même neveu Georges d'Amboise, quoiqu'il ne fût alors âgé que de vingt-trois ans (1).

Il existe plusieurs relations des funérailles qui eurent lieu à Rouen en l'honneur de Georges d'Amboise. Il s'en trouve dans les ouvrages de Taillepied, de Baudier, de Pommeraye, de Farin, de Le Gendre, etc.; toutes ont été reproduites successivement d'après les Registres capitulaires (2), dont elles ne sont qu'une traduction plus ou moins étendue et plus ou moins fidèle. Aucune, que nous sachions, n'a été publiée d'une manière aussi complète que celle que nous présentons aujourd'hui, d'après un ancien imprimé qui semble dater de l'époque même du décès du prélat. Cet opuscule, intitulé la *Reception faicte en la ville et cite de Rouen du corps de feu tres reverend pere en dieu et seigneur Monseigneur Georges damboyse, Legat du saint siege apostolique, Et archevesque de la dicté ville de Rouen,* se compose de quatre feuillets, petit in-4°, caractères gothiques, sans nom d'imprimeur ni de libraire. D'après l'examen des caractères, nous croyons pouvoir attribuer cette impression à Richard Goupil, qui exerçait son art à Rouen dans les pre-

(1) Dans cette élection, de même que dans ces funérailles, le Chapitre avait eu à cœur de remplir les intentions du Roi qui, à la date des 3 et 12 juin, lui avait écrit à ce sujet.

(2) Vol. XXVII, archives départementales.

2

mières années du xvi° siècle. L'adresse semblerait indiquer
le nom, de Louis Bouvet comme libraire. On voit au titre
un cartouche des armes pontificales et au verso ( en tête de
la 1re page du texte), une initiale richement ornée (1). Ces
deux vignettes ont été reproduites sur bois par notre habile
. graveur, M: Brevière, et figurent dans cette nouvelle publi-
- cation que la Société des Bibliophiles normands a votée ,
en raison de la rareté actuelle des anciens exemplaires et de
l'intérêt qu'elle présente pour l'histoire de la ville de Rouen.
ᴌ. ' Comme, préliminaire à la pièce, indiquée ci-dessus, la
Société a cru devoir voter aussi l'impression du récit de la
⸱ translation de Lyon à Rouen des dépouilles mortelles du
prélat, d'après un imprimé du temps , non moins rare que
: le précédent et dont l'entête porte : *La pompe funerale de
la mort monsieur le legat faicte a lyon.* Cette pièce , con-
sistant, en 2 feuillets petit in-4°, caractères gothiques , ne
présente ni titre, ni indication de libraire et d'imprimeur ;
⸱ la forme des caractères donnerait à penser qu'elle est sortie
des presses de Martin Morin , l'un des premiers, des plus
⸱ habiles et des plus féconds imprimeurs rouennais (2). ⸱⸱ Ɉ

(1) Les armes du cardinal d'Amboise sont : *Palé d'or et de gueule
de six pièces.*

⸱ ⸱ (2) Ces deux pièces font partie de notre bibliothèque particulière.
Si ce n'est les abréviations qu'on a cru ne pas devoir conserver, le
texte du xvi° siècle a été rigoureusement suivi.

A titre de documents à consulter et se rattachant à notre sujet, nous avons joint à cette notice, sous forme d'appendice :

1° Le procès-verbal de la séance tenue le 11 juin 1510 à l'*Hotel Commun*, pour régler les honneurs funéraires à rendre par la ville à Mgr le Légat, publié pour la première fois d'après le Registre des délibérations de la ville ;

2° L'extrait d'un manuscrit inédit de 1544 (ancien fonds Bigot) qui présente, avec de nombreuses variantes, une relation des funérailles de Georges d'Amboise, célébrées à Rouen.

Des histoires, des notices biographiques, des éloges, ont été écrits en grand nombre sur Georges d'Amboise. En outre, d'intéressantes monographies ont été publiées sur la princière résidence de Gaillon, élevée par ses ordres, de 1502-1509, et sur le magnifique tombeau qui lui a été dressé dans la Cathédrale de Rouen (1). Nous n'avons

----

. (1) A. Deville, *Comptes de dépenses de la construction du château de Gaillon*; Paris, Imp. Nationale, 1850, in-4, avec atlas inf. — *Tombeaux de la Cathédrale de Rouen*; Rouen, N. Periaux, 1837, in-8, fig., p. 71-105. Pour les frais de son mausolée tout en marbre, dont l'érection fut confiée à Roullant Le Roux, architecte de la Cathédrale, de 1520 à 1525, l'archevêque de Rouen légua 2,000 écus au soleil, (4,000 liv.). Plus tard, cette tombe devint aussi celle de Georges d'Amboise II, dont la statue fut placée, en 1550, sur la tablette du sarcophage, derrière celle de son oncle. — *Voy.* aussi Pommeraye, *Hist. de la Cathédrale de Rouen*, p. 52 et suiv.

donc point cherché à présenter un nouveau travail his-
torique sur Georges d'Amboise, nous avons seulement
voulu accompagner de quelques notes les opuscules dont la
Société des Bibliophiles normands a voté la réimpression ;
nous nous sommes trouvé porté en même temps à rappeler
les éminentes qualités du ministre de Louis XII, de l'un
de nos plus vénérés archevêques, aux libéralités duquel la
ville de Rouen doit son Palais-de-Justice, plusieurs de ses
fontaines, quelques-unes de ses églises, la reconstruction
de la majeure partie du grand portail de sa Cathédrale :
l'achèvement de la Tour-de-Beurre, et enfin la fonte de
la cloche qui pendant trois siècles porta son nom, nom
glorieux de Georges d'Amboise, dont un historien disait :
« Homme ferme et courageux, homme vrai et sincère,
maître de sa langue et de ses passions, sachant à propos
se taire et parler, pousser son ressentiment, le suspendre
ou le sacrifier ; en général, homme digne de l'estime qu'on
eut pour lui de son vivant, et qui s'est conservée depuis sa
mort jusqu'à nous (1). »

(1) Le Gendre, *Vie du cardinal d'Amboise*, p. 7. — Historiographe
de France, chanoine de la Cathédrale de Paris, l'abbé Le Gendre a
été l'un des bienfaiteurs de la Bibliothèque de la Cathédrale, de
l'Académie des Palinods et de l'Académie des Sciences, Belles-Lettres
et Arts de Rouen.

# PROCÈS-VERBAL DE LA SÉANCE

## TENUE LE 11 JUIN 1510

### A L'*HOTEL COMMUN* DE ROUEN,
### POUR RÉGLER LES HONNEURS FUNÉRAIRES
### A RENDRE PAR LA VILLE A M⁽ LE LÉGAT.

————————

Le mardi xi⁰ jour de juing eu dit an cinq cens et dix, en assemblée
des xxiiii. faicte devant M⁰ Loys Dare lieutenant general etc. pour
deliberer et scavoir ce que est a faire touchant le trespas et enter-
rement de feu tres reverend pere en Dieu mons. le legat archevesque
de Rouen et gouverneur en Normendie.

Maistre Nicole Caradas advocat du roy notre sire en la court de
leschiquier dit que l'assemblee presente est de pitie et que ledit
sʳ legat estoit celluy a qui nous avyons notre refuge et secours,
celluy qui jamais ne voullut faillir a la ville ne pays, celluy qui de
tout temps et jusques a son trespas nous a aymez et secourus en
toutes choses, par quoy le devons plourer et luy faire tout lonneur
a nous possible et que on doit aller a lencontre du corps ainsi que
la court de leschiquier yra, aussi que on doit revetir cent povres
par la ville et cinquante qui porteront chascun une torche au poing
et si a dit que luy semble que par la ville doit estre faict faire ung
service en la grant esglise Nostre Dame et y faire semondre par les
cartiers de la ville toutes les notables personnes au plus grant

nombre que faire se pourra et envoyer vers mons. de Fescamp et luy rescripre pour scavoir ce que sera bon de faire et en dilligence pour scavoir sur ce son advis.

Maistre Robert Raoulin advocat du roy en lordinaire dit que pour la reception du corps on doit aller a lencontre revetir povres et faire faire lumynaire et aller au convoy au plus grant nombre de personnes que faire se pourra et revetir jusques a cent povres qui porteront eudit convoy chacun une torche au poing, et faire faire ung service en la grant esglise et mesmement par les religieux mendians et en rescripre a mons. de Fescamp et a mons. le grant seneschal et faire ce que par eulx sera advise.

Maistre Jehan Lamy dit quil est tres necessaire faire audit sieur legat tout lonneur que possible sera et que on ne le scauroit remunerer des services par lui fais a lad. ville ne pays, et que on doit aller a lencontre du corps en grant convoy et assemblee et revetir jusques a cent povres qui yront a lencontre du corps chascun une torche au poing et faire faire des services par les religieulx.

Jehan Mustel dit qui luy semble quil est bien en raison de faire au corps dudit sr tout lonneur que possible sera, et aller a lencontre au plus grant nombre de personnes que on pourra assembler et revetir cent povres de par la ville et de tout rescripre a mons. de Fescamp et faire par son conseil.

Robert Deschamps dit qu'il est bien en raison faire prieres et oraisons pour lame dudit sr et plus que pour nul autre pour ce que ainsi que ung chascun congnoist il a tousjours eu les affaires de la ville et pays pour recommandez et luy semble que on doit faire faire ung service en lesglise Nostre Dame par la ville qui soit honourable, et mesmement en chascune des religions mendiantes et autres et aller a lencontre du corps tous vetus de noir au plus grant nombre de personnes qui sera possible assembler et revetir povres et faire en ce par le conseil de mons. de l'escamp et mons. le grant seneschal.

Jehan Escambourg a dit idem.

Robert Lalemant a dit idem.

Guillaume Dufour a dit idem et mestre au service qui sera fait en la grant esglise jusques a xxxvi torches.

Pierre Le Jureur a dit idem.

Jaques Du Hamel a dit idem et revetir viii<sup>xx</sup> povres.

Jehan Dufour de Presses a dit idem et revetir cent povres, chascun une torche au poing et aller a lencontre du corps jusques au lieu ou il posera.

Guillaume de Batencourt a dit idem.

Jehan Le Roux a dit idem et faire le service en lesglise N. D. la Ronde et revetir cent povres et lui faire en toutes choses de par la ville le plus grand honneur que possible sera et plus que jamais ne fust fait a autre.

Pierre Le Gouppil a dit idem et faire le service en la grant esglise Nostre Dame et revetir poures et faire faire des torches jusques a cinquante.

Jehan Queon a dit idem et revetir jusques a cent povres et au resfus de mess<sup>rs</sup> de Nostre Dame, faire le service en la Ronde.

Roumaing de la Chesnaye a dit idem.

Nicolas Briselet a dit idem et luy semble que on doit faire sonner toutes les cloches de la grant esglise pour inciter le peuple qui ny pourra estre en prieres et oraisons, a faire des services par les religieux de ceste dicte ville et en tout luy faire le plus grant trionphe et honneur que possible sera .

Michel Flandrin a dit idem.

Jehan Le Roy a dit idem et mestre au service jusques a L torches et outre a dit que on luy deveroit porter ung pouelle.

« Jehan Heuze procureur a dit que on doit aller a lencontre du corps ainsi que la court de leschiquier et faire faire service en la grant esglise et le tout rescripre a mons. de Fescamp et faire ainsi que par luy sera advise et ordonne.

Conclud a este par le dict Darc lieutenant en ensuivant les dictes oppinions que par ladicte ville seront revetus cent povres qui yront a lencontre du corps chacun une torche au poing devant les conseillers et bourgeois de ladicte ville , et quil sera requis a messrs de lesglise N. D. faire de par la ville ung service en leur esglise ou il y aura trente six torches et pour assister audict service seront semons toutes les notables personnes de chacun cartier a partir de lostel commun de ladicte ville et que jeudi de rellevee seront faictes les vigilles et vendredi le service et aussi quil sera donne par les religions mendiantes et autres religions a chacune quelque somme dargent pour faire service et prieres pour ledit sieur legat et faire en toutes choses au plus grant honneur et reverence que sera possible et faire se pourra et aussi quil sera rescript lettres de ceste deliberacion a mons. de Fescamp et a mons. le grant seneschal se ilz viennent avec le corps pour sur le tout faire ce que par eulx sera advise et mande soit en aucmentation ou dimynucion (1).

(1) Archives municipales de Rouen, *Registre des délibérations de la ville*, t. X, années 1505-1515. — Nous sommes redevables de la transcription de ce document à l'extrême obligeance de notre savant confrère M. Ch. de Robillard de Beaurepaire , archiviste du département de la Seine-Inférieure. Nous devons également des remerciments à M. Vor Legrand pour l'empressement qu'il a mis à faciliter nos recherches dans les archives municipales.

# FUNÉRAILLES DE GEORGES D'AMBOISE,

*Extrait d'un manuscrit inédit du milieu du xvi<sup>e</sup> siècle.*

Premierement partirent des amurez les quatre religions des mendians. Puis apres marchoient toutes les parroisses de Rouen les gens decclise bien honnestement vestuz de surplis auec les curez et vicaires estant en nombre de v a vi cc.

Et apres les prieurs et religieux de Sainct Lo et de la Magdalene.

Apres labbe et religieux de S<sup>t</sup> Ouen de Rouen.

Puis messieurs de Nostre Dame tant chanoines que chappellains que habitues en lad. ecclise portant la croix et benestier.

Et apres lecclise marchoient deux cens hommes reuestuz en deul dont il y en auoit cent de Lion et cent de lad. ville qui tous furent reuestus aux despens dud. seigneur portant chascun vne torche ou estoient les armes dud. seig<sup>r</sup>.

Puis apres cent aultres hommes reuestuz en deul comme les aultres qui portoient chascun vne torche ou estoient les armes de la ville de Rouen. Le tout tant torches que habitz aux despens de lad. ville.

3

Apres marchoient les bons enffans reuestuz de neuf de bon drap gris aux despens dud. seigneur portant chascun vne torche.

Et apres marchoient les seruiteurs domestiques dud. seig<sup>r</sup>. vestuz en deul portant chascun vne torche de cire vierge.

Apres marchoient cinq personnages vestuz en deul dont les quatre portoient chascun vne mache sur leurs espaulles. Et le v<sup>e</sup> portoit vne espee a demy tiree et estoit cela a cause de son office de legat.

Apres alloit vng aultre par semblable vestu en deul, lequel portoit vng carreau de drap dor sur lequel estoit le chappeau de cardinal dud. s<sup>r</sup> deffunct.

Et apres venoit le corps dud. deffunct dedens led. coffre de plomb, lequel coffre estoit recoüuert dun drap dor a vne croix de damas blanc. Et sur led. drap estoit leffigie ou ymage dud. s<sup>r</sup> pourtraicte au plus pres du vif que faire on peut, laquelle effigie auoit tous ses habitz archiepiscopaulx et portoient led. coffre et effigie douze chappellains de lad. ecclise en sourplis sur leurs espaulles. Et portoient les quatre coingz du drap quatre cuesques.

Apres marchoient les seigneurs de France que le Roy y auoit enuoyes et commis en conuoy funeral.

Apres marchoit la court de parlement tant presidens que conseillers, que postulans a lad. court.

Apres la court laic tant du bailliage que de viconte.

Apres les bourgeois de la ville, et est a entendre que les sergentz auoient chascun vng baston de torche paint de noir, lesquelz mettoient ordre par les bendes.

Puis apres venoient les sergentz de la court de lecclise, apres par ordre les aduocatz, notaires et procureurs dicelle court tous vestuz en deul pour la mort de leur maistre.

En cest estat marcherent depuis les Amureez jusq. aud. Rouen. Et quant vint a lentree de la ville fut mis sur ledit corps vng poille de damas noir a vne grande croix de damas blanc, duquel poille portoient les quatre bastons quatre des conseillers de lad. ville de Rouen.

Et estoit la rue St Martin depuis le pont jusques a lhostel des generaulx tenduc de toilles noires semees des armes de la ville.

. Et fut apporte enuiron quatre heures apres midi a lecclise de Nostre Dame de Rouen, et fut poze au cueur dicelle ecclise entre la tombe du roy et le candelabre a sept rames. Et sans cesser jusques aux matines de lendemain furent grand nombre des chappellains des colleges dicelle ecclise a psalmodier le psaultier ainsi quil est acoustume a faire pour les trespasses.

Et le lendemain xxviij° jour de juing au matin apres tout le seruice du cueur accompli, a tout le conuoy que devant a este dict, fut porte led. seigneur a lecclise de St Ouen comme il est de coustume et deliurer a la croix de lestre a labbe et aux religieux pour vne nuyct estre veille en leur ecclise; et fut baille par le doyen a labbe en disant: *Ecce.* Et labbé demanda *Est hic* et respondit le doien : voicy celuy quon nous a baille vif, nous vous le baillons mort.

Le lendemain xxix° jour de juing tout le conuoy dessus dit se partirent de Nostre Dame et allerent a St Ouen ou led. corps leur fut deliure pour porter inhumer a Nostre Dame. Et en passant par deuant St Amand fut pose dedens lecclise durant que les religieuses chantaient le *libera* ainsy quil est de coustume. Puis partirent de St Amand et apporterent led. corps en lecclise de Nostre Dame et tousjours estoit porte par douze chappellains, par la rue St Nicolas et Grand Pont et fut porte par trente six chappellains, et les quatre cornets du drap portes par quatre euesques a chacune reposee douze. Puis fut pose au parmy du cueur soubz vne chapelle de bois nommee ( *castrum doloris* ), en laquelle auoit 366 cierges de cire blanche et dix sept gros-cierges. Et feist lenterrement leuesque Daurances, lequel le mist en terre en la chapelle de la vierge Marie derrière, durant que on psalmodioit le seruice de lenterrement. Ced. jour apres midi que les vespres du cueur furent dictes on commença le *placebo* et *dirige* aud. cueur et fut dict solennellement ainsy quil est acoustume de faire pour larcheuesque ou pour le doien dicelle ecclise ( Et soit notte que deuant lesd. vespres apres midi furent dictes vigilles par les mendians et bons enfans a la nef), auec lassemblee du conuoy dessusd. dedens le cueur et lenuiron des carrolles et celles du cueur en grande magnificence et pompe funerale et tenoient chappe quatre dès chanoines. Et leuesque Daurances en habit pontifical en la chaire de larcheuesque qui ne yssoit point de sa chaire pour dire les oraisons ne le chant.

Le vendredy dernier jour de juing 30e jour au matin apres que toutle seruice ordinaire du cueur fut celebre, on commença aud. cueur trois haultes messes pour le seruice funeral dud. deffunct : La premiere de *spiritus* dicte par leuesque de Cistron, la seconde de *Nostre Dame* par leuesque de Lisieux, la tierce de *requiem* par led. euesque Daurances. Monsieur le chantre tenoit chaire en son lieu de cueur acoustume pour faire son office. Au trait de *de profundis* portoient chappes messieurs les chanoines Robert Fortin, Guillaume Donbreuille, Guillaume de Sandouuille et Robert Dapaulmes et chanterent led. traict deuant la representation de *castrum doloris* lequel estoit au parmy du cueur jouxte lange.

Apres les trois messes celebrees on chanta la recommandance au cueur avec toute lassemblee des habitues de leglise tant chanoines que chappellains que clercs.

Lordre du luminaire estoit fort honorable. Premierement estoit en cueur *castrum doloris*. Icelluy *castrum doloris* estoit vne representation des canlates faictes en fachon decclise ou estoit croisees et esguylles, le tout couuert de cierges de cire vierge jusques au nombre de 366.

Item le grant candelabre du cueur et les cinq chandeliers de derriere le grant autel fournis de gros cierges de six liv. piece.

Item les huit pilliers du cueur et les deux portes dud. cueur et toutes les allees de lecclise fournis de luminaire ainsi comme on faict aux festes triples.

Item tous les pilliers de lecclise auec ceulx des chappelles des deux costes fournis de cierges.

Item en la nef aux basses allees des secondes voultes entre deux pilliers a chacun diceulx cinq gros cierges. Il y a dix arches de chacun coste et sont deux cens.

Item en la chapelle a la vierge Marie ou led. deffunct fut enterre y auoit cierges en grand nombre et en plusieurs aultres lieux non acoustumes en grand nombre et grande magnificence. Le tout aux despens dud. deffunct.

Item ced. jour fut faicte vne donnee a St Mor jouxte Rouen pour led. deffunct, la ou on donnoit pour led. deffunct a tous venans xii deniers et aux gens decclise v sols. Et a la fin de la donnee il demeura plus de deux mines de dousaines.

Led. sieur legat deffunct lors quil viuoit feist faire plusieurs bastiments comme a Rouen au logis archiepiscopal feist faire vne belle salle ou le lambrois est tout dore. Il feist mettre la court de leglise a vne grande salle prez de leglise et la ou estoit lad. court deglise feist faire vng beau jardin la ou est au parmy vne fort belle fontaine de marbre. Aussi feist ediffier Desuille tout de neuf et a Gaillon feist faire vng beau chasteau, vng beau jardin et vng grant parc lequel a trois ou quatre lieues de tour ou il luy cousta beaucoup en acquisitions. Aussi feust cause de faire venir vne fontaine dedens la ville de Rouen laquelle vient de bien pres de Sainct Leger. Aussi feist plusieurs biens en lad. ville et a larcheuesche (1).

(1) Ms., ancien fonds Bigot, dépendant aujourd'hui de notre Bibliothèque particulière. Une ancienne copie de ce même ms. se trouve dans la Bibliothèque de notre honorable confrère M. le Mis de Blosseville.

# La pompe funerale de la mort monsieur le legat faicte a lyon.

An mil cinq cens et dix le samedy xxv. iour de may reuerend pere en dieu monsieur george damboyse en son vinant cardinal / et legat en france archeuesque de rouen Qui trespassa aux celestins de lyon enuiron xii. heures de midi.

℣ Le dimenche ensuyuant iour de la trinite apres vespres furent chantees vigiles laudes en ladicte eglise. Et furent ses entrailles enterrees en icelle eglise deuant le maistre autel.

℣ Le mardy ensuyuant furent dictes et celebrees au cueur dicelle eglise trois haultes messes. La premiere du saint esperit par monsieur leuesque de tournay. La seconde de nostre dame par monsieur de paris / et par les religieux celestins. Et la tierce de Requiem par monsieur larcheuesque de lyon / et par les chantres du roy a note.

℣ Et est a noter que auant que len chantast ladicte messe de Requiem ledict monsieur larcheuesque / acompaigne de tous les religieux de ladicte eglise / allerent tous chantans querir en procession la representation dudict feu monsieur le legat iusques au chappitre du cloistre de ladicte eglise ou reposoient et estoient lesdictes representation et parens dudict defunct. Et fut apportee ladicte representation audict cueur soubz une chappelle de bois / painte de noir garnie de cierges blancs et armoiries dudict defunct. Et mises dessus le corps dicelluy

ii

defunct ou il reposoit en une biere de plomb enfermee en une
biere ou coffre de bois cimentee et couuerte de noir. Et autour
de ladicte chappelle estoit tendue de velours. Et le portoient
huit de ses seruiteurs en doeuil Et estoit ledict defunct esleue
fait au vif en habit deuesque / ses mains ioinctes a gans
violetz garnis daneaulx / chaussons aux piez. Soubz sa teste
vng grant oriller de drap dor / contre sesdicts piez vng oriller
de velours noir a coste dextre Et a lautre coste vng autre ou
estoit son chappeau rouge de cardinal Et sa croix darche-
uesque debout a ses piez Et estoit ledict feu monsieur le legat
tout plat couche sur vng grant drap dor de quatre lez de large/
sur quatre aulnes de long borde de velours noir / et bien
richement acoustre.
¶ Et au connoy depuis ledict chappitre iusques audict cueur
y estoient xiii. doeuilz des freres nepueux et parens en lordre
qui sensuit.
Cest assauoir monsieur de clugny / mene par monsieur
Monsieur de bussy / mene par monsieur de lorraine
Monsieur de genly / mene par monsieur de neuers
Monsieur de mortemare / par monsieur le chancellier
Monsieur de chareron / par monsieur le marquis de rothelin
Monsieur de cleremont de lodesue / par le frere monsieur de
lorraine.
Monsieur de mompipeau / par le frere monsieur de neuers.
Monsieur de cleremont de lodesue le ieune / par monsieur
de terbes.
Monsieur le conte de bresme / par monsieur de paris.
Monsieur le portenotaire de sauigny / par monsieur de
tournay.

Monsieur le portenotaire de bueil / par monsieur leuesque
de cosme.

Monsieur de boysi / par monsieur le premier president de
paris.

Monsieur a la ginche / par monsieur le premier president de
bordeaur.

Et apres tous les seruiteurs en dœuil Et a loffrande tous les
dessusdicts en nombre de rrvi. porterent chacun vng grant
cierge blanc et vng escu attache ausdicts cierges et sans porter
ne pain ne vin. Et apres fut fait vng sermon ou collation par
monsieur parvng confesseur du roy a la louenge dudict defunct.
Et apres fut faicte vne donnee aur poures a. chacun dir deniers / et fut employe enuiron huit cens liures.

¶ Et estoit ledit cueur tendu a lentour de velours noir / et
la nef de taffetas noir et drap noir / et a lentour du grant autel
par terre de drap noir / et les chaires a prescher et pulpitre
conuers de velours noir / et lautel et contreautel parez de drap
dor a croir de damas blanc aur armes dudict defunct. Et le
tour de ladicte eglise tendu de taffetas noir afforce cierges
de cire iaune / et tous les autelz ou len chantoit les messes
parez de taffetas noir a croir de taffetas blanc. Et a chacun
deur cierges sur deur chandeliers de boys noir et a chacun les
armes dudict defunct / et messes a tous venans.

¶ Et le mercredy ensuiuant enuiron. ri. heures deuant mydi
furent portez lesdicts corps et representacion insques aur
cordeliers de frere iehan bourgoys / pour les mener et conduire
en la ville de rouen / ou il auoit esleu sa sepulture. et par ordre
ainsy quil sensuyt.

¶ Primo marchoit monsieur de fougeronst lan de ses maistres dostel a cheual.

¶ Apres le chariot ou estoit ledict corps couuert de drap noir
son lacquest iannot a pie et a coste dudict chariot garni de
quatre bons cheuaulx aussi couuers de drap noir.

¶ Apres marchoient lestroys generaulx de france/messieurs
hurault henry boier et debeaune.

¶ Apres monsieur le bailly de viennoys et aultres officiers
de lyon.

¶ Apres plusieurs officiers du roy et de monsieur le chancellier.

¶ Apres les quatre ordres mendiens dont il y en auoit deux
de lobseruance.

¶ Apres les gens de leglise de xii parroisses que ainsi le
signifioient par xii ✚ que len portoit dont les deux estoient
dargent et deuant y auoit deux enfans de cueur portans chacun vng grant chandelier dargent vng grant cierge blanc aux
armes dudict defunct de coste et daultre et estoient en nombre
enuiron ccxli. gens deglise. et quatre vingtz enfans de cueur/
et quantite bedeaulx deuant chacun vne mache dargent et
plusieurs aultres gens deglise de religion.

¶ Et au melieu estoient aucuns des lieutenans et archiers
du preuost de lostel pour donner ordre a faire marcher les
premiers.

¶ Apres estoient le capitaine messire gabriel de la marche
a cheual / et aucuns lieutenans des gardes francoyse et escos-
soyse aussy a cheual / et tous les archiers de la garde du roy a
pie chacun a sa halebarde excepte ceulx qui estoient auecques
le roy pour le guet.

¶ Apres marchoient deux sergens de ladicte ville de lyon

qui auoient chacun vne de leurs manches argentee aux armes
et deuise de ladicte ville / et le procureur et le secretaire de
ladicte ville.

¶ Apres xxxvi. hommes portans chacun vne torche aux armes
de ladicte ville de lyon.

¶ Apres cent poures vestus de drap noir en deuil portans
chacun vne torche de deur ou trois liures de cire ausdictes
armes de coste et dautre / et deux archiers de ladicte garde
qui les conduysoient.

¶ Apres le bailly damiens et autres vestus en deuil.

¶ Apres les embassadeurs du pape / du roy des rommains /
et du roy despaigne.

¶ Apres monsieur le mareschal darezolles vestu de deuil et
six archiers de la garde qui estoient entre ledict mareschal
et les officiers et seruiteurs de la legacion vestus aussi en
deuil.

¶ Apres. xiiii. seruiteurs habillez en deuil portans chacun
vng cierge blanc et les armes dudict defunct.

¶ Apres marchoient petremol et philippe bracque ses maistres dostel a cheual.

¶ Apres trois de ses seruiteurs lun nomme
qui portoit sur ses bras deur desdicts orillers de velours
noir / lautre son barbier qui portoit la mache dargent aux
armes dudict legat / et lautre son escuier qui portoit son
chapeau rouge. Et apres monsieur dallec qui portoit sa croix
darchenesque.

¶ Apres. viii. de ses seruiteurs qui portoient sadicte representacion tiree au vif et acoustre comme dessus est dit. et
tenoient les quatre coings dudict drap dor messieurs de

feschamp / de citron / dangoulesme / et de terbes.

¶ Apres lesdicts deuilz menez et conduitz comme cy deuant
a loffrende excepte monsieur larcheuesque de lyon qui en
conduysoit lun / ou de celuy qui le conduysoit a loffrende. Et
auoient lesdicts euesques monsieur de paris / monsieur de
tournay chacun vng chapeau de porthenotaire en leur teste
et vestus de noir et tous a cheual.

¶ Apres plusieurs officiers du grant conseil gentilz hommes
et autres de ladicte ville de lyon.

¶ Apres plusieurs seruiteurs a cheual vestus en deuil / les
muletz couuers de noir.

¶ Apres sa litiere et deur pages vestus en deuil sur deur
muletz / dont le filz du turc en estoit lun.

# La reception faicte en la ville et cite de Rouen du

Corps de feu Tres reuerend pere en dieu et seigneur Monseigneur Georges damboy=
se / Legat du saint siege apostolique / Et ar=
cheuesque de ladicte ville de Rouen.

On les vent en la rue Nostre
Dame pres Saint maclou.

a

Pres les obseques funerales bien et honorablement faictes pour ledict seigneur en la ville de Lyon. Et les intestines diceluy inhumes en leglise des celestins dudict Lyon. Partirent diceluy lieu le mercredy penultime iour de may les parens et amys dudict seigneur ensemble grande partie de la seigneurie de france pour connoyer et faire apporter en la ville de Rouen le corps diceluy seigneur en ensuyuant son commandement / ordonnance / et desraine volunte.

Laquelle ville de Rouen il auoit tout temps chiere tenue et en grande recommendation. Et combien que son corps fust souuent absent pour les grans affaires du Royaulme et de toute la chose publique / ce neant moins tousiours estoit le cueur par affection en ladicte ville.

Sur quoy est a noter que ceulx qui par cy deuant ont escript que le cueur dudict seigneur estoit ou deuoit estre inhume a Gaillon / ont escript plus que verite. Car ce eust este fait contre le vouloir diceluy seigneur / Lequel pou de temps auant sa desraine heure auoit dit et desclare que nonobstant quil eust fait construire et bastir le chasteau de Gaillon en grande cure / diligence et sumptueux despens / si nestoit son cueur en iceluy lieu : mais tout temps auoit este en leglise de Rouen. Parquoy vouloit son corps auec son cueur

estre inhumes et reposer en icelle eglise. Lequel a este fait
auec grans pleyrs et larmes comme apres sera escript.

Le mardy rviii. iour de Juing enuiron vi. heures auant
midy / ledict corps fut apporte iusques aur faulrbourgs pres
le pont de ladicte ville Et mis a reposer en leglise du prieure
des ammurees monastere de dames Par lesquelles fut deuotement celebre vng seruice sur iceluy corps.

Ledit iour a troys heures apres midy / les citoyens / manans
et habitans de ladicte ville / lesquelz tout temps auoyent eu
parfaicte et entiere amour vers ledict seigneur ainsi que
raison estoit en le reuerant et honorant comme leur bon pere /
pasteur / protecteur / et seigneur / desirans de tout leur cueur
et pouoir luy faire seruice et honneur en ce piteur et desrain
obseque. Combien quil leur fut tresgrief de luy faire tel et
tant piteur seruice / yssirent hors de ladicte ville en grant
nombre et bel ordre a merueilles tant de lestat ecclesiastique
que seculier pour aller querir ledit corps eudit lieu des ammurees.

De lhostel commun de ladicte ville yssirent Cent poures
hommes tous reuestus de robes neufues de couleur noire et
chapperons a dueul en leurs testes / portans chacun vne torche
enuiron de troys liures / Aur armaries dicelle ville / et lesquelz marchoyent deur et deur en bon ordre et piteable.
Apres lesdictes torches yssirent les notables personnages
de ladicte ville representans la communite dicelle en tel ordre

que sera dit apres / lesquelz se retirerent tous ensemble en
leglise de nostre dame / et dicelle eglise audict lieu des ammurees.

Par semblable yssirent de ladicte eglise iusques a iceluy
lieu des ammurees messeigneurs les presidens et conseillers
de la court souueraine du pays de normendie.

Aussi messeigneurs les generaulx et autres officiers sur
le faict de la iustice des aydes dudit pays.

Les aduocats / officiers / notaires / et procureurs de la court
ecclesiastique diceluy seigneur.

Les colleges / des bons enfans / et quatre religions des
mendians.

Les croix / cures / vicaires / et prestres ordinaires des.
xxxiii. parroisses de ladicte ville.

Le college du prieure et hostel dieu de la magdalene.
Et desrainement le college venerable de leglise metropolitaine.

Et tous en bon ordre ainsi que sera dict quant acconuoye-
rent ledict corps dedens icelle ville.

Lesdictes compaignies venues audict lieu des ammurees
auquel reposoit iceluy corps fut receu en toute deuotion et
reuerence par Reuerend pere en dieu monsieur leuesque
Daurenches reuestu et aorne de tous ses ornemens apparte-
nans a sa dignite episcopale. Les seruice et serimonies illec
par luy faictes qui en tel cas appartiennent. Marcherent
vers ladicte ville toutes les compaignees dessusdictes et autres
plusieurs de la part dudit seigneur en tel ordre qui ensuyt.

Premierement marchoit le college des bons enfans deux et
deux / tous reuestus de nouueaulx habitz. Cestassauoir les

robes de couleur grise ainsi quil ont de coustume de porter /
et la veste de couleur noir / tenans chacun ung cierge de deur
liures de cyre blanche aur armaries dudict seigneur.

Apres marchoyent les cordeliers par semblable deur et
deur qui estoyent de Cent a sir vingtz. Et subsequentement
les Jacobins / Augustins / et Carmes tous en grant nombre
bon ordre et deuotion.

Apres lesdicts mendians estoient les croir des rrriii.
eglises parrochiales de ladicte ville deur et deur. Et apres
tous les cures vicaires et prestres ordinaires desdictes parroisses renestus de leurs sourplitz et chantans les respons de
Libera / bien deuotement. Et estoyent lesdicts prestres iusques
au nombre de sir a sept cens qui estoit compaignie tres belle a
veoir attendu lordre et le pays quilz tenoyent.

Les cent poures renestus de noir portans Cent torches
allumees pour ladicte ville et aur armaries dicelle comme dit
est / marchoyent apres lesdicts prestres deur et deur deuant
lesquelz auoit ung homme vestu en deul ayant vne verge noire
en sa main pour conduire et tenir en ordre lesdictes torches.

Apres / en quelque petite distance marchoit autre person-
nage vestu en deul lequel conduisoit autres torches iusques
au nombre de sir vingtz aur armaries diceluy seigneur que
portoyent sir vingtz poures tous renestus de noir comme les
autres.

Apres ledict luminaire estoit le College du prieure et hostel dieu de la magdalene / lequel hostel dieu ledict seigneur
auoit eu en si grande recommendation que la memoire sera
perpetuelle des grans biens tant spirituelz que temporelz quil
a donnez et omosnez endict hostel dieu. Parquoy si lesdicts

religieux estoient tristes ainsi quilz estoient ce nestoit pas sans cause. Car pour vray ledict seigneur estoit le vray pere dicelluy hostel.

En apres et consequemment marchoient tous les officiers postulans et praticiens de la court ecclesiastique. Cest assauoir premierement le doyen des aduocatz representant monsieur lofficial et le promoteur doffice/deuant lesquelz estoient les sergens dicelle court ayans verges noires. Apres/tous les aduocatz. Apres iceulx aduocatz/les officiers dudit seigneur en ladicte court. Consequemment tous les notaires. Et desrainement les procureurs qui pouoient estre en tout iusques au nombre de vi. ou vii. vingtz tous vestus honnestement de robes noires et en bon ordre.

Puis apres auec petite distance marchoit vng des seruiteurs dudict seigneur uestu en deul/lequel portoit la valize qui est vng habit et aornement dhonneur tres riche que auoit icelluy seigneur a cause de la legalite. Apres ladicte valize immediatement estoient les officiers dicelluy seigneur en ses cours de iustice seculiere. Aprez lesquelz sans moyen marchoient les seruiteurs domestiques et officiers dudict seigneur en sa legation qui estoient de cent a six vingtz tous vestus de noir et chapperons a deul en leurs testes.

Consequemment estoit le College venerable de leglise nostre dame de ladicte ville de Rouen metropolitaine de toute la duchie ayans tous ceulx dicelluy college dessoubz leurs sourplitz et aumuches robes noires et en tel ordre et honneur que on ne scauroit mieulx. Et chantoyent le respons de libera de telle sorte et deuotion quil ny auoit si dur cueur qui ne fust incite aux larmes. A la fin dicelluy college estoit reuerend pere en dieu monsieur leuesque Daurenches lequel auoit ses aornemens episcopaulx comme deuant est dit / et tous ses seruiteurs reuestus de noir.

Apres ledit college estoit lhuyssier de la legation dudict seigneur vestu en deul / lequel portoit la masse dargent de ladicte legation. Sur laquelle masse estoient pourtraictes les armaries dudit seigneur / Puis apres marchoit ung autre des seruiteurs par semblable vestu en deul qui portoit entre ses mains le chappeau de cardinalite / chose fort piteuse a veoir.

Tiercement marchoient les troys maistres dostelz diceluy seigneur vestus en deulx comme les autres / ayans chacun ung baton noir en leur main sur lesquelz se appuyoient et tous troys en ung reng. Apres lesquelz estoit monsieur leuesque dallec qui portoit la croix archiepiscopalle deuant le corps ainsi que estoit fait pour lors quil estoit viuant.

Apres estoit le corps dudict seigneur que portoient sur leurs espaulles xii. des chappellains de ladicte eglise ayans leurs sourplitz et aumuches.

Sur lequel corps estoit leffigie et representation diceluy seigneur pourtraicte sur le vif et de telle sorte que plusieurs estimoyent que ce fust le propre corps. Icelle representation estoit vestue et aornee de mittre de damas blanc / casuble / gans au mains ioinctes / aneaulx aux doictz / auec riches pierreries et autres aornemens requis et necessaires a la dignite archiepiscopalle. Estoit anssi couchee sur vng riche drap dor grant et plantureux contenant en longueur enuiron v.

aulnes / soubz la teste estoit vng orillier de drap dor. Et aux
piez vng autre orillier de velour noir.

Les quatre cornetz diceluy drap dor estoient portez par
Reuerendz peres en dieu messeigneurs les euesques de Cistron / Castres / Angoulesme et Lisieur.

Item vng pou deuant et a lenniron dudict corps estoient
xxxvi. torches de cyre blanche portez par xxxvi. hommes vestus en deul.

Quant ledict corps approcha au bout du pont par deuers
la ville / fut presente et leue sur luy vng poille comme autre-
foys auoit este fait sur ledict seigneur pour lors quil vinoit
quant il fist son entree en icelle ville comme legat / mais dautre
sorte et grandement differente. Car le premier estoit de drap
dor porte en toute ioye et leesse. Et cestuy de velour noir au
millieu vne croix blanche de damas porte par les six conseilliers de ladicte ville en toute tristesse.

Je ne croy pas quil y ait si dur cueur au monde qui ne fust
meu de pitie a veoir les choses dessusdictes. Et a la verite ny
auoit celuy de tous ceulx qui virent ceste piteuse entree qui
ne feist regretz piteur et lamentables / et specialement quant
ilz veirent ladicte representation.

Apres ledict corps marchoient Messeigneurs les parens
et amys dudict seigneur. Et premierement.
Monsieur leuesque de cleremont abbe de clugny frere dudict
feu monsieur le legat / mene par monsieur leuesque de Therbe
cousin germain de la Royne.
Monsieur de bussy aussi frere / mene par monsieur ladmiral.
Monsieur le grant archidiacre de Rouen / mene par monsieur

le grant senechal de Normendie.

Monsieur de genly baillif deureur / mene par le filz de monsieur de la chambre de sauoye.

Monsieur de mortemare senechal de poetou / mene par monsieur le baron de clere.

Monsieur de chazeron baillif de monfferrant / mene par monsieur le tresorier de poetiers seigneur de la quenille.

Monsieur de cleremont de lodesue / mene par monsieur le prothonotaire de bresze.

Monsieur de chaugny / mene par monsieur le prince de bresze

Monsieur le petit conte de sanrerre / mene par monsieur de montannille.

Monsieur de la ginche / mene par monsieur de normannille.

Monsieur de rochefort.

Apres iceulr seigneurs parens et amys estoient Messeigneurs les presidens et conseilliers de la court souueraine diceluy pays en tel ordre et grauite quilz scauoient bien faire / et quil appartenoit a leurs seigneuries deuant lesquelz marchoient les huyssiers tenans verges noires / et les greffiers de ladicte court.

Apres estoient messeigneurs les president generaulr conseilliers aduocat et procureur du Roy sur le fait de la iustice des aydes audict pays. Et deuant eulr leurs huyssiers et greffier en bon ordre.

Consequentement marchoient Reuerends peres en dieu Messeigneurs les abbez de saint vuandrille / de saincte Katherine / de bon port / et de saint george. Auec lesquelz marchoient messeigneurs Les lieutenans general de Monsieur

b

le bailly de Rouen Ladvocat et procureur du Roy endict bailliage. Les prieurs de saint Lo/ et de la magdalene. Le commandeur de saint anthoine / Les lieutenans de monsieur le vicomte de rouen Les conseilliers et procureur de ladicte ville / devant lesquelz marchoient aucun nombre des sergens de ladicte ville. Et apres marchoient generalement tous les notables personnages dicelle ville comme nobles / bourgeois / et marchans en si grant nombre et si bon ordre que difficille seroit de lescripre.

En telle maniere toutes les cloches de leglise nostre dame sonnantes fut porte ledit corps iusques a icelle eglise et mis dedens le cueur a reposer. Sur lequel fut presentement celebre le service en tel cas acoustume.

Ladicte eglise estoit tendue de tafetas noir aux armaries diceluy seigneur / mesmes estoit ladicte ville tendue de noir depuis le pont iusques a icelle eglise aux armaries de ladicte ville.

A la porte du pont estoit escript un distichon tel qui ensuit

## Urbis ianua ad. R. D. legatum

Que patui quondam magnis tibi leta triumphis
Heu pateo cineri ianua moesta tuo.

Sur iceluy pont estoit vng autre distichon tel qui ensuit.

## Urbs ad sequanam

Sequana (lugentes ne siccet planctus ocellos)
Conuerte in vultus flumina magna pios

Item au bout diceluy pont par deuers la ville estoient escriptz
les metres qui ensuiuent.

## Classis Rothomagens. ad R. D. legatum

Monstra maris doctus clauum torquere solebas
Et palinurus eras/portus/et aura michi
Nunc quia perpetuus te functum somnus habebit
Obruor immensi pondere fracta mali.

A lentree de ladicte ville sur les tentes noires et soubz les armaries dicelle ville estoient les metres ensuiuans.

## Urbis rothomagensis tetrastichon

Lasciuos quicumque soles effundere risus
Hinc fugias mestam non nisi mesta iuuant
Nec mirum insano quod sim superata dolore/
Perdita sunt vno commoda multa viro

Item sur icelles tentes en plusieurs lieux estoit escript le distichon qui ensuit.

# Uulgi distichon in mortem

Mors fera/seua/furens/que tanta licentia: tristi
Ausa es tam sacrum frangere falce virum:

Item a la porte de leglise nostre dame estoient les quatre
mettres ensuynans.

## Ecclesie Rothomagens. tetrastichon

Puniceo fueram nuper spectanda galero
Lugubris at tristem me docet iste color
Ah pie gnate / piam potuisti linquere matrem
Non poteras. tantum mors tulit atra nephas

Le iour prochainement ensuiuant dicelle entree qui estoit
mercredi / enniron vi. heures de matin fut porte ledit corps
en leglise et monastere de saint ouen et conuoye tant de
messieurs de leglise que de la secularite en tel ordre que auoit
este faict a icelle entree et auec tel nombre de luminaire lequel
fut faict tout neuf cestuy iour tant de par ladicte ville que par
ledit seigneur.

Apres ce que ledit corps eust este porte iusques dedens le
Cimetiere dudit lieu de saint ouen Reuerend pere en dieu
monseigneur labbe de fescamp et diceluy lieu de saint ouen
aorne de mittre / croche / et tous aultres aornemens apparte-
nans a sa dignite yssit de sadicte eglise de saint ouen ensemble

tous les religieur diceluy lieu pour recepuoir ledit corps de
messieurs les doyen et chapitre de ladicte eglise nostre dame
de rouen. Ce quil feist en grand honneur et ainssy quil cong-
noissoit estre decent en obseruant les serimonies a ce appar-
tenantes et accoustumees Icelle reception faicte ledit reuerend pere en dieu feist porter le corps en son eglise par aultres
personnes ecclesiastiques a luy subgectes Lequel corps fut
mys a reposer au cueur diceluy monastere Et fut ce iour et
lendemain par iceluy abbe et ses religieur celebre ung seruice
solennel et honorable pour iceluy seigneur.

   Le ieudi ensuinant apres ce que ledit corps eust pose. xxiiii.
heures en iceluy monastere mesditz seigneurs les doyen et
chapitre de ladicte eglise nostre dame se retirerent endict lieu
pour le reporter en leglise metropolitaine auec telles com-
pagnies ordre et luminaire comme auoit este faict le premier
iour de lentree en ladicte ville. Lequel corps leur fut rendu et
baille par. iceluy reuerend pere en dieu abbe de saint ouen au
lieu euquel le anoit receu le iour precedent puys apres fut
porte iusques en labbaye de saint amand monastere de dames/
mis reposer en leglise diceluy lieu. Et par les dames presentement chante le respons de libera.

   Ce faict fut porte iceluy corps en leglise metropolitaine
mys et pose en millieu du cueur en telle forme et maniere quil
estoit entre en ladicte ville. Sur lequel estoit eslenee une
maison ou chappelle noire de boys Et sur icelle chapelle
enuiron deulr. cens cierges de cire blanche de liure piece. Par
leglise en la nef pilliers et aultres lieur estoient deulr aultres
cens cierges de cire iaune / tout lequel luminaire fut allume

durant le temps que on celebra les obseques diceluy seigneur:
Au premier seruice furent celebrees trois messes. la premiere
par monseigneur leuesque de Cistron/la seconde par monseigneur leuesque de Lisieur/et la tierce par monseigneur
leuesque de Aurenches. auquel seruice les seigneurs parens
et amys portansle deul feirent oblation chacun de vng escu dor.
iceluy seruice et les aultres subsequens furent faictz autant
honorablement et sollennellement quil estoit possible de
faire / toutes les cloches de leglise sonnantes et basses messes
dictes par tous prestres qui voulloyent celebrer / lesquelz
auoyent. v. soubz pour messe.

Item le iour du premier seruice furent celebres par toutes
les eglises de ladicte ville tant parrochialles que aultres
seruices honorables une cloche sonnante en chacune eglise.

Item iceluy iour fut faict en ladicte eglise nostre dame
vng sermon tres elegant a lhonneur de dieu et louenge dudict
seigneur.

Item ledict iour fut faicte omosne et distribution de dou-
zains a tous venans eñ. Cymetiere de saint mor. Ce qui auoyt
este publie. troys ou quatre iours deuant. Par quoy y auoyt
si grande multitude de menu peuple quil estoit estime a plus
de xx. mille personnes.

Item est assauoir que auant ladicte entree de puys que les
nouuelles furent certaines de la mort dudit seigneur auoyent
este faictes processions generales en ladicte ville. Et de puys

par la communite dicelle ville seruice honorable en leglise
metropolitaine auec grans connoy et luminaire sortissant de
lhostel commun dicelle ville pour aller en ladicte eglise.

Et le tout a lhonneur de dieu le createur auquel nous prions
quil luy plaise recepuoir et auoir agreables lesdictes obseques
et prieres pour le salut et au profit de lame de nostre bon pere
pasteur et seigneur.

Explicit.

www.ingramcontent.com/pod-product-compliance
Lightning Source LLC
Chambersburg PA
CBHW071254210626
46818CB00013B/1440